기획의 말

그리운 마음일 때 'I Miss You'라고 하는 것은 '내게서 당신이 빠져 있기(miss) 때문에 나는 충분한 존재가 될 수 없다'는 뜻이라는 게 소설가 쓰시마 유코의 아름다운 해석이다. 현재의 세계에는 틀림없이 결여가 있어서 우리는 언제나 무언가를 그리워한다. 한때 우리를 벅차게 했으나 이제는 읽을 수 없게 된 옛날의 시집을 되살리는 작업 또한 그 그리움의 일이다. 어떤 시집이 빠져 있는 한, 우리의 시는 충분해질 수 없다.

더 나아가 옛 시집을 복간하는 일은 한국 시문학사의 역동성이 드러나는 장을 여는 일이 될 수도 있다. 하나의 새로운 예술작품이 창조될 때 일어나는 일은 과거에 있었던 모든 예술작품에도 동시에 일어난다는 것이 시인 엘리엇의 오래된 말이다. 과거가 이룩해놓은 질서는 현재의 성취에 영향받아 다시 배치된다는 것이다. 우리는 현재의 빛에 의지해 어떤 과거를 선택할 것인가. 그렇게 시사(詩史)는 되돌아보며 전진한다.

이 일들을 문학동네는 이미 한 적이 있다. 1996년 11월 황동규, 마종기, 강은교의 청년기 시집들을 복간하며 '포에지 2000' 시리즈가 시작됐다. "생이 덧없고 힘겨울 때 이따금 가슴으로 암송했던 시들, 이미 절판되어 오래된 명성으로만 만날 수 있었던 시들, 동시대를 대표하는 시인들의 젊은 날의 아름다운 연가(戀歌)가 여기 되살아납니다." 당시로서는 드물고 귀했던 그 일을 우리는 이제 다시 시작해보려 한다.

기획의 말

그리운 마음일 때 'I Miss You'라고 하는 것은 '내게서 당신이 빠져 있기(miss) 때문에 나는 충분한 존재가 될 수 없다'는 뜻이라는 게 소설가 쓰시마 유코의 아름다운 해석이다. 현재의 세계에는 틈새없이 결여가 있어서 우리는 언제나 무언가를 그리워한다. 한때 우리를 벅차게 했으나 이제는 읽을 수 없게 된 옛날의 시집을 되살리는 작업 또한 그 그리움의 일이다. 어떤 시집이 빠져 있는 한, 우리의 시는 충분해질 수 없다.

더 나아가 옛 시집을 복간하는 일은 한국 시문학사의 역동성이 드러나는 장을 여는 일이 될 수도 있다. 하나의 새로운 예술작품이 창조될 때 일어나는 일은 과거에 있었던 모든 예술작품에도 동시에 일어난다는 것이 시인 엘리엇의 오래된 말이다. 과거가 이룩해놓은 질서는 현재의 성취에 영향받아 다시 배치된다는 것이다. 우리는 현재의 빛에 의지해 어떤 과거를 선택할 것인가. 그렇게 시사(詩史)는 되돌아보며 전진한다.

이 일들을 문학동네는 이미 한 적이 있다. 1996년 11월 황동규, 마종기, 강은교의 첫 시집들을 복간하며 '포에지 2000' 시리즈가 시작됐다. "생이 덧없고 힘겨울 때 이따금 가슴으로 암송했던 시들, 이미 절판되어 오래된 명성으로만 만날 수 있었던 시들, 동시대를 대표하는 시인들의 젊은 날의 아름다운 연가(戀歌)가 여기 되살아납니다." 당시로서는 드물고 귀했던 그 일을 우리는 이제 다시 시작해보려 한다.

내 최초의 말이 사는 부족에 관한 보고서

문학동네포에지 048

이재훈 시집

내
최초의
말이
사는
부족에
관한
보고서

시인의 말

새벽 빗소리가 눈을 친다
내 몸 가릴 나뭇잎 하나
먼 하늘로 팔랑 날아간다
느릿느릿 걸어오는 햇살
아득하다.

2005년 9월
이재훈

개정판 시인의 말

한 시절 전부가 갑자기 내게로 안기는
이상한 기분에 며칠을 앓았다.
바람이 불면 막막했고 가끔씩 행복했다.
십수 년 시간만 흐른 셈이다.
최초의 말을 찾아 떠도는 형형한 눈빛이
시집 사이사이를 떠돌 때
마치 인연을 만난 듯 달떴다.
감사한 마음을 바람에게 전한다.

2022년 4월
이재훈

차례

3부

1부

순례

맨발로 유리 밟는 소리를 듣는다. 유리의 머리가 내 발바닥을 찢는 수런거림을 듣는다. 수행자처럼 온 땅을 모두 밟아보고 싶었다. 하지만 이 땅은 너무 넓어. 내 온기가 기댈 곳은 건물과 건물 사이, 그 사이의 위태로운 희망, 그리고 낯선 꿈들뿐.

내가 밟는 유리의 온기를 기억하고 싶었다. 그 뜨거운 감촉. 두꺼운 군살을 비집고 환한 몸으로 날 찾아오는 신비. 유리를 밟으며 축제를 연다. 붉은 포도주가 흐르는 식탁. 얼굴에 분칠을 하고, 혀에 피어싱을 하고, 히피처럼 연기를 피워 올린다. 치렁치렁한 푸른 옷을 입고, 방안을 빙빙 돈다. 사각사각 유리가 몸안에서 춤을 춘다. 두려움은 없다. 정작 두려움은 예언자의 눈, 인디언의 귀, 언 고기를 사각거리는 알래스카의 몽골리안을 그리워하는 것. 생의 분노도 잊은 채, 태평하게 먼 이방의 전설을 말하는 내 입술.

맨발로 유리 밟는 소리를 듣는다. 유리가 내 몸을 돌고 돌아 검붉은 내장을 모두 만난다면, 늦은 밤 가냘프게 흔들리는 마음까지 싹둑 잘라버린다면, 나는 백치가 되리. 내 몸이 된 유리. 너의 촉감밖에, 소리밖에 모르므로 나는 불구다. 저기 저쪽, 나처럼 맨발로 유리 밟으러 가는 젊음들. 땡볕 아래 꽃들이 붉은 햇살을 게워내고 있다. 절정이다,

사수자리

밤이 되면 말을 타러 갔었지
잠 속으로 들어가는 입구는
깊은 동굴이었지
따뜻한 물 흐르는 동굴에서
서둘러 어둠을 껴입었지
찰박찰박, 어둠 사이로 붉은 등을 내비치는 탯줄
그 고요의 심지에 불을 댕기고
입술을 오므려 휘파람을 불었지
나는 말을 부르는 소리부터 배웠지
탯줄이 사위를 밝히고 말발굽 소리를 들으며
나는 편자를 갈고 있었지
등불을 들고 신랑을 기다리는 열 처녀 같았지
빛이 어둠을 갉아먹기 시작할 때
하늘에서 별이 하나씩 떨어졌지
말이 내 앞에 와서 가쁜 숨을 고르고 있었지
떨어지는 별에 맞을까 두려워 말에 올라탔지
어둠 속으로 달렸지
손엔 활이 들려 있었고
다리가 말의 몸에 심어졌지
말과 나는 한몸이 되었지
그제야 예언의 소리를 들을 수 있었지
어둠 속엔 많은 별이 있었지
십자가 없는 어둠,
그 불안한 시간 속에서

별을 보며 내 형상을 기억했지
가끔씩 구름에 가려 별이 안 보이면
활을 쏘았지 허공 속에서 비명이 들려왔지
꺼지지 않는 촛불의 위태로움을
말 위에서 견디는 삶
그곳엔 조용한 잠도 없었지
열두 밤이 지나자 황도십이궁의 한 모퉁이에
나는 떨어졌지

새벽녘 어머니가 내 머리칼을 만지고 있었지
나는 쭈글해진 어머니 배에 귀를 갖다댔지
말발굽 소리와 활이 날아가는 소리가 들렸지
그 큰 어둠을 품고 어머니는 새벽 기도를 가셨지
나는 어머니가 믿는 신의 안부가 궁금해졌지

빌딩나무 숲

그 숲엔 풍경이 없다
나무와 새 온갖 풀벌레가 가득하지만
그들은 소리 내지 않는다
사방을 둘러봐도 제자리만 지키고 선
가장 그럴듯한 포즈의 마네킹들
그곳엔 소리가 없다
어머니, 하고 부르면 침묵만 되돌아와
귓가엔 내 목소리만 자욱이 앉아 있다
숲속에서 숨이 막혀 한참을 내달았다
소리를 지르고 실컷 울고는,
그루터기에 앉아 부풀어오르는 힘줄들을 만졌다
나는 나를 만지고 한없이 그리워져
나무에게로 간다
새에게 말을 건다
자애는 폐허,라고 되뇌이는 시간들
내 힘줄을 내가 끊어도 고통스럽지 않은 곳,
그곳엔 아무도 없다
있다면, 침묵이 있다
아무도 면회 오지 않는 숲에서
나는 이교도가 되었다

수선화

한밤중이 되면 내 몸에 수선화가 핀다, 방안의 모든 소리가 잠을 잘 무렵이면, 내 몸에 꽃씨 앉는 소리가 들린다, 간지러워, 암술과 수술이 살 비비는 소리가 사물거리며 온몸에 둥지를 틀고, 어머 꽃 피네, 마른버짐처럼, 간지러운 꽃이 속옷 새로 피어나네, 내 몸에 피는 꽃, 어머 내 몸에 핀 꽃, 나르키소스의 영혼이 노랗게 물든, 수선화가 핀다, 아름다운 내 몸, 노랑 꽃파랑이 쓰다듬으며 어깨에서 가슴을 지나 배꼽으로 핀 꽃과 입맞추고, 시커먼 거웃 사이에도 옹골지게 핀 꽃대 잡는다, 아아, 아 에코가 메아리치네, 아름다운 내 몸, 거울에 비추어, 아아아 에코가 흐느끼네, 내 몸이 하분하분 물기에 젖네, 꽃들이 더펄거리며 시들어가네, 나르키소스여 내 몸에 오지 마소서 오욕(五慾)에 물든 몸 꽃 피게 마소서

한밤중이 되면 내 몸에 수선화가 핀다 방안의 모든 소리가 잠들 때까지 기다리고 있는 나

내 최초의 말이 사는 부족에 관한 보고서

1

그곳을 찾았을 때
모든 시간은 무너지고
가없는 기억의 언덕도 무너지고
또닥또닥,
희미한 발굽 소리만 들렸는데

2

잠든 말, 묵상도 없는 말들이 벽에 붙어 있다 너의 소리를 들으려고 널 만진다 그제야 너는 벽화가 된다 널 만지면 황소가 되었다가 사슴이 되었다가 초원을 가로지르는 말이 되고 나는 말 위에 올라타 노래를 부르는 추장이 된다

3

말은 내게 뱃속을 열어 보여준다
건강한 줄기를 먹고 자란 말
빨갛게 화장(化粧)한 말의 뱃속
아름답다 아름다워서
뱃속에 질서 있게 자리잡은 내장의 곡선에
손가락을 갖다대본다
아프다, 말은 아프다고 비명을 지른다
뱃속에서 말의 새끼들이 뛰어나온다

4

말이 쏟아져내린다 초원에 내려 거칠게 달려나간다 내가 지겹게 머무는 도시의 거리까지 와서 내 머릿속을 후드득후드득 내달린다

5

밤이 되면 나는 시를 쓴다
거리의 곤고함에 대해
꽃이 침묵하며 피는 이유에 대해
아는 척 쓰다가 말다가 결국
"말은 태양을 잉태했다"고 쓰다가

6

믿음엔 증거가 있어야 한다
내가 검은 말을 타고 요정의 검을 차고
맥베스처럼 "눈앞의 이것이 나인가" 되뇌며
내 목을 자르고
내 최초의 말이 사는 부족 속으로 들어갔다면
누가 믿을 것인가

기타가 있는 궁전

아버지가 기타를 연주하십니다. 나는 아버지의 다리 밑에 누워 있습니다. 기타에서 떨어지는 마른 고독이 목젖을 열게 합니다. 노래를 부릅니다. 말들이 우르르 목덜미로 떨어집니다. 말들이 저 밖으로 퍼지지 못하고 등뒤로 차오릅니다. 나는 말 위에 떠 있고, 아버지는 저 말 속에 계십니다. 내가 뱉어놓은 검은 말 속에서 기타를 연주하십니다. 말이 진화하면 물이 된다지요. 고도로 단련된 연금술인 셈입니다. 허공에 산화되어 사라지는 말을 만들어냅니다. 그때 비로소 저는 말을 배웠습니다. 내 말은 이미 물이 되었습니다. 물속에서 기타 소리가 들려옵니다.

아버지가 기타를 연주하신 곳은 궁전이었다고 합니다. 그 궁전의 돌계단이 너무 높았지요. 다리가 아파 노래를 불렀습니다. 그러곤 노래 위를 떠다녔습니다. 한 사람을 사랑했던 기억의 꽃잎들이 햇살을 받아 반짝거립니다. 검은 말들이 기타의 현을 먹고 저렇게 아름답게 치장을 하다니. 참 감동스럽습니다.

겨울이 오고 말들이 얼어붙습니다. 저는 도끼로 말들을 내려칩니다. 얼었던 말의 입이 쩍 벌어지고 피가 솟아오릅니다. 아버지, 제 말이 자꾸만 피가 됩니다. 어디선가 기타 소리가 들려옵니다. 등뒤로 솟는 피가 참 따뜻합니다.

나는 기적을 믿지 않지

오한이 들고 입술이 부르터서 몸뚱이가 버거울 때였지. 꿈을 꾸었어. 갑자기 뒷덜미가 서늘해져 지나온 것들을 보지 않으려 캄캄한 앞만 보았지. 저 앞의 세상엔 어떤 동물들이 살고 있을까. 한 발자국 내디딜 때, 내 몸에 사박사박 모래알 밟는 소리가 났어. 오, 누군가가 내 몸을 질근질근 밟고 있었지.

나는 기적을 믿지 않지. 아침마다 청량리에서 신촌으로 가는 131번 버스를 타지. 어쩌다 예쁜 여인이 옆에 앉으면 주문을 외지. 너는 내 아들을 잉태했다. 새벽에 술에 취해 방문을 열고 불을 켜면 섬뜩 놀라. 내 바지에 피가 흘러내리고, 아침에 보았던 예쁜 여인이 아기를 안고 있어.

나는 기적을 믿지 않지. 뒤를 돌아보면 내 목에 십자드라이버를 꽂고 있는 사람이 보여. 당신을 사랑해. 어지러워, 온몸에 피가 타오르지. 독한 감기약을 먹고 아침이 되면 131번 버스를 타지.

나는 기적을 믿지 않지. 내 몸이 가벼워져 바다 위를 걷는다면, 당신의 손이 내 몸에 닿을 때 흐르는 피가 멎는다면, 그걸 누구에게 고백해야 할까.

나스카 평원을 떠난 새에 관한 이야기

언제부턴가 새는 날지 않았다. 나스카 평원을 유유히 날아 광대한 상상의 틀까지도 슬쩍슬쩍 엿보던 새가, 날지 않게 되었다. 사연은 있었다. 가벼운 날갯짓, 그림자 아래에서 즐기는 종종걸음의 시간이 지나자, 설움이 찾아왔다. 새의 부리와 발톱이 꺾이고, 허기가 지면 온몸이 숯덩이처럼 달아올랐다. 새는, 투명한 옷을 입고 전생의 시간 앞을 오갔다. 수면을 뛰어오르는 물고기나 굴을 빠져나온 뱀을 낚아챌 때마다 한 생이 투명하게 빛바래는 순간을 보았다. 새는, 눈이 멀었고 노래를 배웠다.

내 스무 살은 노래였다. 거리에서 배운 노래가 목청으로 흘러나올 때, 사람들은 그것을 먼 이방의 방언이라 여겼다. 천둥소리는 더 크게 들렸고, 몸은 종잇장처럼 구겨졌다. 단하나의 권능도 없이 숨소리 없는 거리에 서 있었다. 나는, 가볍게 다른 문을 열 수 있을까. 꿈도 없는 잠을 매일 잘 수 있을까. 내 손가락들이 들러붙어 물갈퀴가 되고 이는 사자처럼 송곳니만 사납게 솟아난다. 성 꼭대기에 올라 어둠에 대고 소리를 지른다. 새의 등에 올라타고 세상을 구경하고 싶었으며 나스카 평원에 새겨넣은 신의 형상을 한눈으로 보고 싶었다. 나는, 어떤 법을 배웠던가. 노래하는 법 말고는 배운 것이 없다. 눈먼 한 마리의 새가 내 머리칼 속에서 둥지를 틀고 있었다. 새의 전생은 자유였다고 평원을 돌보던 파수꾼이었다고, 그 새가 법을 배웠다.

법을 배우는 순간, 나는 풀이 되었다.
하늘을 날지 못하고 하늘을 바라보는
풀,

나는 오래전 풀의 고독을 기억하고 있다.

어느 꿈길

하얀 꿈을 꾼 적이 있다. 구름 위를 걷다가 하얀 피를 흘릴 때. 그것은 긴 기다림 후에 나타났다. 태양계의 별들이 일렬로 설 때까지 몇백 년이 걸린다는데, 나는 하루에도 수십 바퀴의 절망과 환희를 돌아 다시 제자리로 돌아오곤 한다. 긴 기다림이 우주에서는 한끼 식사시간에 불과할지도. 내가 하루를 소진하고 다시 태어나 눈을 떴을 때, 세상이 하얀 빙하로 덮여 있는, 그런 꿈을 꾼 적이 있다.

비가 내린다. 빗소리가 머리를 후둑 내려쳐 잠이 깬다. 그동안 새벽 세시에서 다섯시 사이에 나는 왜 그토록 잠만 잤을까. 그 시간 동안 비가 내 방에 꽉 들어찰지도 모를 일인데. 우기를 견디는 도마뱀의 숨소리를 어디서 배워왔던가. 저 비가 그치고 날이 밝아오면, 새들은 또다른 안식처를 찾아 이동하겠지. 일제히 하늘을 날아오르는 새떼. 서로 부딪치지도 않고 다른 세상으로 솟구치는 저 몸놀림 좀 봐.

꿈을 꾸면 때때로 하얀 세상을 보곤 한다. 늙은 어미를 짊어지고 설산을 오르며 부르는 나라야마 부시코(楢山節考)의 애절한 가락을 듣기도 하고, 운 좋으면 아가미가 달린 소년이 바다를 자맥질하며 뿜어내는 은빛 물무늬를 구경하기도 한다. 내 영혼이 하루 동안 수십 바퀴의 절망과 환희를 돌아오면, 하얀 꿈이 몇백 년을 지나 내 앞에 멈추곤 한다.

마라의 오아시스*

너무도 목이 말라
매일 종이를 씹어 먹고
브라운관에서 춤추는 댄서의 옷을 잘라 먹고
수화기에서 흘러나오는 낯선 목소리를 삼키고
텁텁한 도시의 밤공기를 먹고
독한 술을 먹고, 여인의 눈을 입속에 넣고
너무도 목이 말라
한밤중에 고요히 눈을 감으면
시계 초침 소리가 들리고
그 소리 사이로 사막이 펼쳐지고
나는 그 위에 누워 있어
너무도 목이 말라
목이 마르다는 걸 알게 된 건
내가 광야의 시간을 견뎠기 때문일까
끝이 보이지 않는 모래밭을 걷고 있었기 때문일까
뼈밖에 남지 않은 악어가
모래밭을 걸어간다
나도 따라 걷는다
마라의 오아시스,
시간은 뼈까지도 헤고
뼈가 투명해진다
어리석다,
어리석게도 물을 마셔야 하는데
물을 찾아가는 악어의 골수를 마셨다

입안에 썩은내가 가득 고였다
말할 줄 아는 벙어리의 옹알이
너무도 목이 말라

* 원래는 쓰고 악취가 나는 물이었으나 모세가 출애굽하면서 단물로 바뀐 생명의 샘.

일식

태양이여,
나는 이 큰 우주를 목놓아 불러본 적 없다
용기도 없이 컴컴한 방에 앉아
창틀에 놓인 꽃병들만 바라봤다
어느 날 나는
태양이여, 불러보고 싶었다
늘 곁불만 쬐며 속으로 옹알거리기만 하며
이 엄살의 통각을 갖게 되었다
태양이여, 부르는 순간
내 항문으로 뱀이 숯 진 머리를 들이밀고 왔다
온몸이 뜨거워져서 태양에게 다가가도
뜨겁지 않았다
불타지도 않았다

뱀이 태양을 갉아먹을 때,
하나의 꿈틀거리는 숨이 우주를 갉아먹을 때,
네 소멸이 위대한 미학이라고
그렇게 말하는 순간

어느새 뱀의 뱃속에 태양이 들어가 있다
고요 가운데 입을 열고 들어가
한몸이 된
뜨거운 잉태

나는 큰 소리로 태양이여, 불렀다
뱃속에서 울리는 뜨거운 공명

모든 사위는 어둠이 되었다

참 이상한 꿈이 있었단 말입지

혹시라도 잊어버릴까 그림을 그렸는데 말입지
그는 꽃잎 같은 얼굴을 하고 몸은 짐승의 털이었습지
그 얼굴에서 진득한 침이 흐르기 시작했습지
은촛대 위에 까만 표지의 성경이 펼쳐져 있고
고개를 꺾은 그가 십자가에 매달려 있었습지
옆구리에는 창이 꽂혀 있었는데
상처 주변의 살들이 파르르 떨리고 있었습지
그때 무슨 징얼대는 소리가 나는 듯하더니
옆구리 사이로 돼지의 미끈한 얼굴이
비집고 나왔는데 말입지, 아! 나중에는 몸도 나오고
꼬부라진 성기도 실타래처럼 풀려나왔는데 말입지
우습순입지, 발정난 돼지가
십자가에 매달린 그의 옆구리에서 나옵지
징— 전자오르간 소리가 울리자 모두 괴성을 지르며
유두를 내놓고 다리를 벌리고 누웠습지
돼지는 십자가에 매달린 그의 몸을 만졌는데 말입지
그는 허우적거리다가 혼절했습지
그가 안쓰러웠습지, 그래 칼을 들고 십자가로 다가갔는데 말입지
하필이면 말입지 돼지가 꼬부라진 성기로 내 몸을 감았습지
괄약근이 죄어오는데 이상한 쾌감이 전해져왔단 말입지
몸에 힘이 빠져나가면서 기도했습지
헤라클레스의 분노를 달라고 말입지

울면서 돼지의 성기를 동강동강 잘라냈습지
그의 옆구리 주변에는 잘린 성기가
도마뱀처럼 계속 꿈틀거렸습지
나는 그것까지 밟아 짓이겼습지
그리고 또 울었는데 말입지
울음이 너무 컸는지 창이 벌컥 열리고 햇살이 들어왔습지
돼지는 그의 옆구리 속으로 다시 기어들어갔습지
그의 몸은 매끈해지고 얼굴엔 꽃이 피었습지
하얀 목련이 솜사탕처럼 부풀어올랐습지
나는 그를 불렀습지
울먹이며 다정하게도 불렀는데 말입지
그의 얼굴이 십자가 밑으로 뚝 떨어졌단 말입지
꽃은 없고 피 흘린 얼굴 하나가 웃고 있었습지,

* 박상륭, 『죽음의 한 연구』(문학과지성사, 1997)의 촛불승의 말씨를 빌려 씀.

공중 정원

배꼽으로 차가운 톱날이 들어온다 슬금슬금 배를 가르고, 시커먼 내장들을 걷어올린다 텅 빈 뱃속에 햇살이 들어와 가만히 눕는다 나는 환한 몸으로 세상 이곳저곳을 누빈다 오 따사로운 마음들 어느새 햇살이 누운 자리 꽃망울이 올라와 있다! 꽃은 피어나 온몸에 홀씨를 퍼뜨린다 즐겁게, 내 몸 구석구석이 피어오른다 사람들이 하나 둘 내게 찾아와 꽃 한 송이씩 꺾어간다 계절이 바뀌고, 꽃들이 떨어진다 떨어진 꽃마저 누군가 주워간다 어디선가 바람이 불어온다 내게 남은 꽃다지 공중으로 날아간다 나는 까맣게 타들어간다 잿빛 몸들이 부르는 거리의 합창 나는 노래를 부르며 거리를 행진한다

공중 정원 2

사양이 비칠 때쯤 면도를 하고, 속옷을 갈아입는다 거리에 꽃가루가 날리고 황사바람이 불어온다 빈 속을 쓸어내리며 메마른 살갗을 만져본다 저 멀리, 바빌론의 사막에 공중 정원이 있다 거리를 걷다가 어느 창가를 올려다본다 조그만 화분에 피어 있는 보라색 팬지 한 송이 사납게 내 몸이 구겨진다 한 뼘의 흙에서도 한순간 활짝 필 수 있다면, 구겨도 구겨도 몸이 너무 크다 간구의 아미티스여, 몸을 잘라줄 정원사여, 메마른 몸에 꿀을 적시러 간다 그러나 너무 달다, 목이 마르다…… 샘을 찾아 달린다 어두운 골목이 확 넓어진다 골목이 하늘로 나 있다

공중 정원 3

정원으로 오르기 위해 몸에 남은 삭정이 몇 개로 불을 지른다 나는 불을 타고 저 위로 갈 거요 나는 눈물도 흘리지 않고 사람을 죽였소 뜨거운 불등걸이 머리에서 가슴, 발바닥으로 툭 떨어진다 뜨거운 발바닥으로 허공에 발을 내디딘다 황무지에도 장미가 핀다! 나는 공중에서 땀 흘리며 발길질을 한다 새들이 저 다른 숲으로 날아간다 사막의 모래 위에 붉은 전갈이 새까맣게 몰려나와 있다 모두 끈적한 혀를 내밀고 날 쳐다보고 있다 공중에서 들리는 소리 삭삭, 정원사가 내장을 쓸음질하고 있다 내 속이 저 위로 올라가 있다 창이 하나 있고, 그 창으로 번지는 낯익은 실루엣 조용한 울음소리가 들린다

2부

황홀한 잠

빗소리를 들으며 잔다
빗소리를 듣기 위해 자는 것인지
자기 위해 빗소리를 듣는 것인지 모르게 잔다
나방이 유리창에 제 몸을 찧어대는 소리를 들으며 잔다
간혹 꿈의 껍질을 두드리는 비명 소리가 들린다
울다가 울다가
내 몸으로부터 떨어져나간 창자를
바라보는데 빗소리가 들린다
창자가 비를 맞아 하얗게 씻겨간다
그렇게 주름진 내 속을 보고 있을 때
멀리서 들려오는 총성 한 방
새벽녘 라디오에서 울리는 느린 피아노 소리가
내 가슴을 지근지근 밟고 있다
비는 그쳤지만
빗소리가 내 가슴에 올라와 있다

도시의 물관(管)

물이 흐른다
어제까지도 길이었던 곳에
도둑처럼 물이 넘어든다

사람들은 물길을 튼다
배설과 오물의 길
그 위에 서성이는 사람들
트르륵트르륵 한 세기 동안
콘크리트 덮는 소리를 듣다가
문득 발길을 멈춘다
가고 싶지 않은 길
집과 집 사이엔 수평선처럼
악수할 수 없는 긴 부정법이 놓여 있다
어제를 부인하고
어제의 그 집을 부인하고
어제의 그 집까지 향해 있던 길을 부인한다
발밑의 물소리는 늘 고요하다
사람들은 서로에게 말을 뱉고 침을 뱉고
그 말과 침이 화간(和姦)하여
발밑으로 스며들었다
물을 기억하게 될 때
사방은 모두 가라앉는다
누란(樓蘭)은 물속의 집
오래된 말들의 집

누란은 오아시스다
말들이 목마름으로 남아 있는 곳

물이 흐른다 이 집에서 저 집으로
네가 버린 물과 네가 뱉은 말이
파이프를 타고 수화기를 타고
물결치며 이 집 저 집을 들락거린다
이 무시무시한 동력

나는 썩은 물로 켰다
발밑으로 스며들지 못하고
내 속에서만 고여 있는 말로 켰다

또다른 제국

속옷 서랍을 열면 쿠스코의 만돌린 소리가 들린다.

내 살의 마른 상처에 수슬수슬, 성난 꽃씨를 심고, 포근한 면으로 살짝 덮어, 오 나는 세계를 떠돌며 찡한 소리를 듣네, 벌거벗은 글자 속에서 영상 속에서, 상상의 소리를 거름 주고, 만돌린 소리 꽃씨를 움트게 하네, 아 움틈의 소리에 내 몸 비옥한 흙이 되고, 속옷들 사이로 발갛게 충혈된 솟머리 올라오네, 여보세요, 타락한 관념론자씨, 태어남의 고통이 죽고 싶은 쾌감이란 걸 아시네요, 언젠가는 멈춰질 만돌린 소리, 꽃들은 피어나면서 쾌락을 배워, 반드르르 몸에 하나씩 불을 켜고, 아야 속옷들이 뒤엉키네, 언젠가는 죽을 몸부림, 나는 후후 꽃들의 불을 끄네, 생짜로 발기된 내 생

저기 숙져가는 꽃들이 속옷 속에서 녹아간다. 또다른 생을 찾아가는 만돌린 소리 기적처럼 울리고, 속옷 서랍을 닫는다, 또 열어보고픈, 내 서랍.

Big Bang

태양이 어슷어슷 거리로 내려왔습니다. 쇼윈도 마네킹들은 땀도 흘리지 않았지요. 누군가가 지나치는 여인에게 양공주 같다고 킬킬거렸습니다. 좌판 아저씨는 제 옷자락을 잡아끌고 빨간 비디오테이프를 꺼내주었습니다. 신문엔 사람들끼리 불총을 쏘아대고 있었습니다. 그런 거리를 걷다보니 어느새 제 겨드랑이에 털이 솟아 있었습니다.

무르팍에 힘이 없었습니다. 숱진 머리칼이 아버지를 닮았다지만 전 야트막한 언덕에서 방황했습니다. 아버지는 언덕을 넘으면 시온이 있다고 했었지요. 그때 태양이 제 몸에 달라붙어 명징한 기억들을 빨아먹고 있던 겁니다.

누구나 안식처를 찾아 세상을 헤맵니다. 눈앞에 솔개그늘이 하나 있었고 그 속에서 저는 RPG게임을 했습니다. 제 몸의 태양열로 세계를 불질렀습니다. 펑펑펑 150억 광년의 우주에 불을 놓습니다. 세상에 불을 지른 자는 신이던가요?

가끔씩 가슴으로 소나기밥을 먹습니다. 온몸에 자릿내가 풀풀거려도 괜찮습니다.

언덕을 넘으면 시온이 있구요. 그곳에 다가갈수록 수염이 자꾸 굵어집니다. 간간이 제 가슴에 나비물처럼 불덩어리들이 흩어 날아갑니다.

아마도 일상적으로 돌아갈 아침의 영광에 관하여

빛은 어둠을 견딘 후,
비로소 제 껍질을 가진다.
골목길에서 우연히 본 하늘,
어둠이 노른자를 품고 있다.

지난밤, 나는 천기의 마술을 배웠다. 거리를 서성이다가 검은 옷깃의 마녀들을 따라갔다. 수많은 불꽃으로 타오르는 지하 제단. 화형을 준비하는 수난곡이 울렸다. 마녀들이 내 몸을 눕히고 향기 나는 옥색 기름을 바른 후, 불을 지폈다. 나는 악을 쓰며 요동쳤지만, 몸은 어느새 검게 그을려 누군가 날 만지자 그대로 부서졌다. 검게 탄 관념들이 바람에 흩날렸다. 사방에서 팔랑대는 욕망의 보풀들. 미명의 시간이 되면 욕망의 아우성들이 제 살을 터뜨려 불꽃을 냈다. 그 불꽃을 일으키는 마술.

새벽녘 창밖을 보니 어둠이 껍질을 만들기 시작했다. 나는 멍하니 그 광경을 구경했다. 어둠을 견딘 불꽃들이 투명한 햇살로 껍질을 만들어 내놓는 순간! 내 입술에서 노래가 흘러나왔다. 지난밤의 열락이 목구멍으로 슬금슬금 기어나와 햇살을 쬐며 춤을 춘다. 내 몸에 몇 줄기의 빛이 잠시 쉬었다 가고, 빛의 부스러기만 몸에 남아, 반짝반짝 빛이 났다.

아마도 일상적으로 돌아갈 한 얼굴의 죽음에 관하여

관을 열었다. 몸뚱이 없이 얼굴만 덩그마니 있었다. 눈을 감았다. 무서워서 누군가를 불렀다. 아무도 대답하지 않았다. 눈을 떴다. 네 얼굴, 선혈 뚝뚝 흐르는 네 얼굴이 있다. 나는 그 이마에 입맞춤을 하고 관을 닫았다. 음악이 흘렀다. 관 속의 얼굴이 노래를 불렀다. 나는 몸 없는 그 얼굴을 사랑한다. 그리고 일상이라는 지능적인 시나리오에 빼앗긴 네 몸을, 경멸한다.

내 어깨는 울음으로 지어졌다. 흐느낄 때마다 얼룩진 얼굴이 어깨 속으로 숨는다. 울음이 깊어질수록 어깨가 넓어진다. 어깨의 그늘 속에 또하나의 얼굴이 들어왔다. 얼굴은 울지 않고 노래를 부른다. 어깨가 어제처럼 떨린다. 노랫소리가 점점 커지고 쇳소리가 날 때, 온갖 비명들이 얼굴의 목을 휘감고 있다. 노래를 부르던 하나의 얼굴이 어제 죽었다.

관을 열었다. 몸 없는 얼굴이 관에서 일어나 어깨를 걸치고 있다.

까마귀 속에 나의 시간이 있다

전생이 학이었을지도 모를 시간. 그 속에서 풀썩 날아오르는 새가 있다. 썩은 나무 전봇대에 몸을 얹고 꺼억꺼억 삭신이 부어오르도록 울고 있다. 밤마다 불 켜진 창 안에서는 시간을 켜는 소리 들린다. 내 몸이 자꾸만 뜨거워져 물매질이라도 실컷 맞고 싶을 때. 빗나간 사랑을 벼리고 벼리면 어디선가 꺼억꺼억 곡소리 들린다.

불 켜진 창에 나는 갇혀 있다. 까마귀 한 마리. 밤하늘을 날다가 내 창가에 날아들어 주둥이를 내민다. 시간의 허방이 밤하늘 너머에 있다. 함께 날아오르자. 내 삶은 죽어 있는 새들의 시체를 보는 것에서 시작하곤 한다. 아침, 누군가에게 밟혀 배가 터져 있는 까마귀. 날파리 수십 마리가 터진 내장에 달라붙어 있다.

햇살의 집

햇살이 술을 마신다. 거리는 방금 목욕을 한 것처럼 뽀얗다. 나는 버스 안에 앉아 술에 취해 이글거리는 햇살을 본다. 한 소녀가 버스에 오르며 묻는다. 이 버스는 천국으로 가나요? 햇살이 일그러지고 사람들이 비틀거린다. 광화문 네거리. 한복판에 우뚝 선 이순신 장군 동상이 흠칫 움직인다. 칼자루를 놓고 싶다 후손들아! 꽃잎이 비틀거리며 이글거리는 햇살 속으로 날아간다. 차창 밖으로 흩날리는 꽃잎을 보며 사람들이 와 좋아한다. 나도 꽃잎이 되고 싶어요! 아가씨가 황급히 벨을 누른다. 햇살은 집이 없다. 사방 어디를 가도 햇살이 누워 있다. 나는 집 없는 햇살이 시큼한 술내를 풍기며 창가로 살짝 몸을 기대는 것을 보았다. 잠이 온다. 저 햇살에 집을 주고 같이 무너져내리고 싶다.

신촌, 우드스탁, 가면놀이

WOODSTOCK

아수라 백작, 문을 열고 들어온다 콕콕 찌르는 소리들 몸이 들썩인다 여자는 치렁치렁한 머리칼을 흔든다 남자가 탁자로 올라가 헤드뱅잉을 한다 존재하려는 모든 것에 달라붙는 땀 아수라 백작 검은 지팡이를 던지고 망토를 벗는다 머리칼이 귓바퀴를 스친다 노란 조명이 얼굴에 내려앉는다 하얀 얼굴들 존재하려는 얼굴들 담배 연기가 탁자 위로 올라온다

가면놀이

고양이가 탁자를 긁으며 옹알거린다 고양이의 목을 쓰다듬고 싶다 말랑말랑한 등뼈를 만지고 싶다 암소가 탁자에 걸터앉아 느릿하게 몸을 꼰다 로큰롤이 연발로 발사된다 모두 몸을 흔들며 잘도 피한다 낙서가 가득한 벽에 총탄 자국이 어지럽다 서로에게 총을 겨눈다 서로를 향해 난사한다 춤을 춘다 춤을 추며 총을 쏜다 고양이의 입술에 쥐꼬리가 걸려 있다 암소의 배가 불룩하다 배에다 연발총을 쏜다 가죽 소리만 창창 난다 고양이 소리가 희미하게 들린다 고양이가 암소 뱃속에 있다

해 아래 새것은 없나니

예쁜 여자아이가 사람들의 어깨를 흔든다 영업시간이 끝났는데요 모두들 얼굴의 가죽을 벗기고 있다 고양이, 암소 가죽이 바닥에 널브러져 있다 아수라 백작 가면을

벗는다 얼굴에 총탄 자국이 어지럽다 고요의 피난처에서
모두들 떠나간다 안녕

거리를 훔치다

도시의 거리를 건네. 땀 한 방울 흘리지 않고 내 기억을 훔쳐간 그 거리. 나는 땅바닥에 입술을 갖다대었어. 수많은 발자국과 친해지고 싶었던 그 거리. 사람들이 뱉어놓은 말들이 거리에 흩날렸지. 말들이 글자가 되고, 무거운 책이 되었어. 책을 펼치는 순간, 흩날리는 말들의 보풀. 우리는 유목민의 후손, 책을 펼친 사람들은 모두 기침을 해. 콜록콜록, 거리는 늘 경쾌하지.

발자국들이 내 입술을 밟았지. 피로가 몸을 무너뜨렸어. 빗방울이 사람들의 어깨와 꽃들의 입을 찾지 못해 거리에 내리고. 나는 이 시간을 모르지. 시대가 없는 거리의 시를 쓰지. 나르시시즘의 시를. 언제나 영웅인 낙타보다 낙타의 발바닥에 흩날리는 모래를 생각해. 모래는 고독을 알지. 그들만의 힘겨운 거리를 알지.

욕실에 앉아 발을 씻지. 있어야 할 곳에 있지 않고 거리를 쏘다닌, 부끄러운 발을, 아프게, 씻지.

세일즈맨의 오후

아침도 거른 채
빌딩으로 올라가네
수많은 얼굴과 마주치다
서로의 페로몬에 취해
목적 없는 정념이 고개를 드네
의자에 앉아 구둣발을 까닥대다
먼 하늘에 눈을 모으네
횃불을 들고 빌딩을 불태우리라
뽀얀 발로 불타는 계단을 올라
상스러운 욕설만 남은 거리를 내려다보고 싶어
정념으로
불타는 빌딩 속을 걷다가
얼음의 기억을 불 가운데 던지리라
그 무게로 빌딩이 폭삭 주저앉고
권태롭게 생을 지키는 잿더미를 들척이면
오래된 우리의 꿈이 있을지도 몰라
수많은 얼굴을 짓누르고,
아버지와 아버지의 아버지가 땀 흘린 빌딩을
불태우면 황홀한 아침이 올까
사자와 함께 뛰놀고
뱀의 입속에 손을 넣어도 되는 날들이 있을까
가면을 쓰고 빌딩 밑둥치에 앉아
슬금슬금 톱질하는 오후
전화벨 소리에 화들짝 놀라는 얼굴들

숲

숲속을 걷고 있었지
날뛰는 것들을 찾아 총구를 겨누고
삭정이들이 새악시처럼 허리에 감기는 것도 모르고
그루터기 위로 튀어오르는 날랜 짐승만 찾아 헤맸지
간혹 숲정이에서 아름다운 사람을 만날 때면
가슴에 두른 총알들을 몰래 숨기고
죄인처럼 뒤만 돌아보았지

참혹한 숲속을 걷고 있었지
멍하니 지는 해를 보다가 어느 날 폭우라도 쏟아지면
얼굴에서 시커먼 녹물이 뚝뚝 떨어졌지
얼룩진 얼굴을 고백하고 싶어 잠을 잤지
밀렵꾼들이 골을 잘라먹는
꿈을 꾸다 일어난 밤
협곡 아래에서 비명 소리가 들렸지

꿈같은 숲속을 걷고 있었지
몸에 독충이 달라붙은 줄도 모르고
다른 별로 이송되는 짐승들을 보았지
깊이 들어갈수록 더 크게 울리는 숨소리들
어느새 푸른 피가 발밑으로 뚝뚝 떨어지는
깊은 시간 속을, 자꾸만 걷고 있었지

빗소리

메마른 땅에 아카시아 꽃잎 떨어져요. 질긴 가지 끝에서 제 몸을 뜯어내는 소리, 천둥 치는 밤. 당신은 그 아픔을 숨기고 투명한 몸으로, 꽃잎처럼 경쾌하게 내려요. 낡은 군화를 신고, 알록달록한 옷을 입고, 앙상한 가지를 꺾어가며 걸었어요. 흙발로 저벅저벅 아스팔트 위를 건다가 문득, 당신을 봅니다. 사납고 포악한 걸음걸이 사이로 보이는 당신의 알몸. 밤이 되어도, 이별이 지나도, 당신의 몸이 온 사방에 닿는 소리 들려요. 당신이 울고 있다 생각했지만, 실상 당신은 아무 말 없어요. 아무 몸짓도 없어요. 잠시 침묵.

몸 부딪히는 소리만 들려요.
서러운 아픔도 참, 아름다워요.

바람의 배

바람이 분다 나는 거리를 걷다가 모든 걸 먹어치우는 거대한 바람의 입을 본다 비닐봉지가 날리고 미용실 앞에 세워둔 네온간판이 넘어진다 육교를 오르는 연인이 꼭 껴안는다 그들의 속삭임도 회오리가 채간다 자동차의 전조등이 왔던 길을 다시 헤집는다 가로등이 퍽 꺼진다 담배 연기가 순식간에 바람이 된다 모든 발자국들이 흔들리는 콘크리트 건물 속으로 들어간다 나는 거리를 걷다가 길을 잃고 바람의 뱃속으로 빨려들어간다

바람이 분다 아무도 없다 이 조용한 거리마저 바람의 입속으로 들어간다 바람의 배가 잔뜩 부풀어 있다 바람이 터질 자리를 찾고 있다 지구가 다른 혹성을 향해 맹렬히 돌진한다

눈

눈을 밟는다
눈이 시린 풍경을
꾹꾹 밟는다
그러나 눈은
온전히 밟히지 않고
자꾸만 발등 위로
심지어 무릎까지
올라온다
제 존재를
떠올리려 한다
덮어야 할,
밝혀야 할 운명을
내 발걸음에 의탁한 채
조용한 혁명을
일으키는 것이다
눈이 떠올라
내 발목을 쥐고
너도 나처럼
떠올라라
떠올라라
머리 위까지
눈이 날린다

3부

병든 미아

땅이 혼돈하고 공허할 때 궁창이 열렸습니다. 저는, 그 작은 골짜기에서 푸른 씨앗을 주웠습니다. 그때 물이 두 갈래로 갈라지는 것을 보았습니다. 시간은 망각을 가져다주더군요. 하루가 천년 같고, 천년이 하루 같았는데, 저 그만, 큰 죄를 범하고 말았습니다. 그 푸른 씨앗을 한 자궁 속에다 잃었습니다. 이 땅의 푸른 날숨과 들숨들은 모두 광년을 넘어왔다는 걸 알고 있을까요. 서기 2000년도 인간이 만들어낸 시간이 아닌가요. 무소부재(無所不在)라고 저, 가난한 뱃속에서 막걸리 찌꺼기로 취하며 이 작은 몸뚱아리를 갖게 되었습니다. 기쁘시죠? 태초부터 저와 함께한 그대들, 정말 고맙습니다. 사랑합니다.

왜 하필, 이 늙은 땅에서 절 잃으셨나요?

쇠지랑물과 땅 더껑이 속에서 벌레들이 슬금슬금 기어나옵니다.

숨소리가 들리세요?

거북이처럼 엎드려 살아도 자꾸 병들어갑니다.

마루

이별은 순간이다
그 순간을 이겨낸 자만이
슬픔을 바닥에 깔고 앉을 수 있다
나는 무릎을 꿇지 않겠다는 다짐으로
생을 버텨왔다 그러나
멀리서 새벽 종소리가 들려올 때
나는 마룻바닥에 무릎을 꿇어야 했다

어머니가 마루에 앉아 뜨개질을 하신다
엉덩이 밑에서 건져올린 슬픔을
한 올 한 올 뜨고 계신다

순례 2

나는 어쩌다 날게 되었지. 광속을 뛰어넘는 날개를 달고 수만의 별을 넘어가지.

북한산 밑에서 밤새도록 통곡의 기도를 하지. 항문에서 시커멓게 멍울진 피가 흘러내리지. 나무를 움켜잡고 소리를 지르지. 온몸에 옻이 오르지. 이내 몸뚱어리에 쇠가 입혀졌지. 악령의 창이 내 몸을 찌르다 구부러졌지. 일곱 해 대환란의 날을 견딜 세마포였지. 어느새 하늘에서 백마를 탄 군대가 내려오지. 혼인 나팔 소리가 울리고 나는 신부가 됐지. 곱게 단장하고 하늘로 날아가지. 내 날개는 부러지지 않고 수만의 별을 넘어가지. 천년 동안 날아가고 천년의 천년을 날아가지. 아무리 날아도 어딘가로 닿지 않지. 시간을 견디지 못해 몸은 찢어졌지. 몸은 없고 몸을 둘러싼 쇠옷만 남았지. 머리도 없고 아무것도 없이 쇠옷만 날아가지. 천년의 천년을 날아가지.

시인 셰에라자드

언제부터인지 난 끝으로만 자꾸 갔어. 무작정 차를 몰다가 호수에 갔었는데, 물에 내가 비쳐 보이는 거야. 그리고 내 얼굴에 은빛 물무늬가 투망처럼 씌워지더니 덩이진 내 몸이 헤어지고, 이내 내 몸뿐 아니라 내 기억까지 몰고 가버리는 거야. 칠어다! 그때 한 아저씨가 칠어를 낚았지. 손아귀를 이길 만큼 큼직한 놈이었어. 한데 그놈이 꼭 내 뱃속에 들어가 있는 것 같았어. 숨이 차서 물속으로 뛰어들어가고 싶었지. 이젠 심장이 아니라 아가미로 숨쉬는 거야. 내가 말이야, 그래, 내가 누군가에게 낚였던 거야.

덧드는 밤이 계속되고, 머리맡에 누군가가 있었어. 눈을 떠보니 하얀 종이가 있는 거야. 종이 빛에 눈이 멀 것 같았어. 종이에서 옹알거리는 소리가 들렸고 비린내도 났어. 종이가 펄떡펄떡 뛰어. 난 종이를 꽉 움켜쥐고 거기에 내 이름을 새겼어. 그러곤 잃어버린 기억을 하나씩 써나갔어.

나는 이제 어섯눈뜨기 시작했어. 천 일 동안 미완성의 시를 썼지. 그러면 다음날 새로운 백지가 머리맡에 놓아졌어. 미완성의 시를 쓰는 것. 그것이 지상에서 내가 사는 유일한 길이었어.

빼앗긴 내 기억들을 처음부터 다시 조립하는 거야. 가

끔 빗나가고 탈선되는, 완벽한 미완성이 되지 못하는 시들도 있었어. 백지 위에 존재의 보풀이 자욱하게 올라오고 있어.

황홀한 배회

햇살에 걸려 넘어진다
어제 먹은 술 때문인지
햇살에 걸려 넘어진다
그 긴 밤을 뜬눈으로 견뎠다
붉은 눈을 하고서 무엇엔가
자꾸 걸리는 아침
햇살을 잉태한 건 밤이었다
나를 잉태한 건 밤이었다
광화문 근처 공원
벤치에 앉아 있는데
누군가 가만히 내게로 왔다
밤새도록 먹은 것들을 토하고
있는데 햇살이 가만히 와서
내 등을 두드려준다

바다

밤에 혼자가 되었고, 기억의 단애로 떠밀려, 나에게 각별한 영상을 찾느라 온몸은 성나 있었다, 사이버 세계의 혀끝에 내 음울한 고독을 찍어 바르고, 오호라, 내가 광케이블로 빨려들어가 세계 도처로 전송되고, 그렇게 충혈된 몸으로 재조립되어, 쓸쓸한 밤을 빠져나가고 있었다, 아, 그러고 보니 내 인격을 빼놓고 전송했네, 서둘러 내 삶의 텍스트를 덧붙였더니, 이런 확장자와 호환이 맞지 않음 이미지 동영상 파일에 그런 인격의 파일은 필요 없음, 오, 그래 이미 영상 안에 내 인격이 들어가 있는 것이로군, 저걸 봐, 영상과 인격이 서로를 자위해주고 있는 모습, 오, 그런 상생의 모습을 나는 보고 말았다, 오호라, 나는 곤고한 사람, 어둠이 문제라면, 외로움이 문제라면, 해가 지지 않는다는 상트페테르부르크에서 볼이 붉은 소녀나 만나볼까, 아니면 이런 깊은 바다에서 인어를 찾아볼까

황홀한 떨림

나무가 떨고 있다
자동차가 나무 곁을 휙 지나자
나뭇잎 몇 개가 팔랑 떨어진다
팔짱 낀 연인이 사뿟이 나뭇잎을 밟고 지난다
과자 부서지는 소리
남의 살 밟는 소리가 이렇게 경쾌할 수 있다니
기록된 역사에 의하면
1488년 포르투갈의 바스코 다가마는 아프리카의 희망봉을 밟았다
희망봉은 인간에게 밟히는 순간 역사가 되었다
외제 차가 지나고 덤프트럭이 지나간다
목젖이 날카롭게 튀어나온 소년이
나뭇잎에 가래침을 퉥 뱉는다
나무는 떨고 있다
멀리서 아기를 잠재우는 자장가 소리에 놀라
살 몇 점이 팔랑 떨어진다
연인이 나뭇잎을 밟으며 꼭 껴안는다
몇 분의 시간과 공간이 바삭 부스러진다
기록되지 않는 역사가
한 풍경으로 남아 떨고 있다

수염

내 몸은 미끈한 살덩이였다. 푸른 잎사귀에 숨은 청개구리처럼, 천형을 가진 작은 울음이었다. 봄이 되자 몸이 조금씩 부풀어올랐다. 탕자의 우리 속에서도, 소문 무성한 저잣거리에서도, 밟히지 않고, 물도 먹고, 햇살도 받았다.

미치도록 긴 가뭄이 찾아왔을 때, 내 살갗이 벗어졌다. 그리고 여기저기서 가시가 솟아나왔다. 나도 모르게 자꾸 어딘가를 찌르고 싶도록 붉게 성난 가시. 그러나 난 그 가시를 감춰야 했다. 매일매일 가시를 깎아냈다. 미끈한 살덩이 속에서 가시들이 서로를 찌르는 소리. 아침에 일어나면 검은 피 먹은 가시가 턱밑으로 삐져나와 있다.

예쁜 똥

염소가 돌을 먹고 있다
그는 그렇게 단련되어서
풀밭의 돌을 찾아
코를 바닥에 처박고 있다
여름 낮 동안 뜨겁게 달아오른
돌 위에 나는 누워 있었다
간혹 아주 거친 음악이 귀 위에
올라앉아 있곤 했다
아무것도 안 먹었는데 배가 부풀었다
염소가 내게 오더니
내 몸을 냄새 맡고 무심히 지나갔다
엉덩이가 가려워
몸을 뒤척이는데
염소가 내 밑에서 돌을 주워먹고 있다
뜨거운 돌을 꿀떡 삼키고서
나를 무심히 쳐다본 후
침을 흘리며 내게 말한다
네가 잘 익은 돌을 낳았어
그리고 동그랗고 예쁜 똥을 눈다
나는 그 똥이 너무 예뻐서
주머니에 넣고 다니며 사람들에게 보여줬다
어느 날 주위를 둘러보니 아무도 없었다
오직 염소만 내 뒤를 졸졸 따라다녔다
나는 뜨거운 돌 위에 누웠다

감미로운 음악이 내 몸을 타고 흘렀다

당신은 가짜다

밤거리를 배회하는 이유도 모른 채
방황하는 몽상가라고 말하는 당신은,
세상은 가짜라고 백지에 갈겨
써넣고 분노하는 당신은,
시청 앞 시위하는 사람들을 구경하며
담배나 피우고 있는 당신은,
희망은 내게 없는 일이라며
너덜난 자기 신발을 모른 척하는 당신은,
혁명은 자기 머리통을 쪼개는 일인 줄 알면서도
소심하게 사는 게 무료하다고 말하는 당신은,
신촌 네거리 찬송으로 전도하는 신도들에게
차라리 저들이 예수를 몰랐다면 생각하는 당신은,
풀잎의 하품 소리도
저자 난전을 지키는 노인의 무료함도
한강에 송사리가 죽어가는 물거품도
해처럼 뜨고 지는 위정자들의 영광도
보지 못하는 당신은,
가짜다

귀갓길 옷가슴으로 파고드는 찬바람을
쓸쓸함으로밖에 표현 못하는 당신은,
언덕 위 단칸방에 엎드려 시를 끄적이며
아랫동네 정원이 있는 삼층집을 떠올리는 당신은,
가짜다

당신은 그럼에도 불구하고
당신이 가짜라는 것까지도 배반하는

당신은,
가짜다

붉은 주단의 여관

너를 사랑한다고 했을 때
이미 네 기억은 삭제되었구나
푸른 물에서
살점들이 떨어져내리고 빛나는 은빛
강철이 널 휘감을 때
나는 붉은 주단이 깔려 있는
계단을 오르고 있었지

기억하지
거리에서 넌 바퀴에 깔려 있었지
창자가 사람들의 발밑에 널브러지고
너의 남은 뼈에서 벌레가 기어나왔지
흰 가운 입은 자들에게 둘러싸여
앰뷸런스에 넌 실려가고
조간신문에 네 얼굴은 관념적으로
인쇄되어 나왔지
수술실로 향하는 침대 바퀴 소리를
들으며 넌 깊은 잠을 잤지

붉은 주단이 깔려 있는 낭하를 지날 때
방문엔 은빛 케이블이 탯줄처럼
흘러나와 있었지
방안에선 딸각딸각
숨쉬는 소리가 들렸지

너를 사랑한다고 했을 때
이미 네 몸은 차가워졌구나
사람들은 너의 피로 물든
붉은 주단의 여관을
딸각딸각
클릭하고 있었지

쓸쓸한 날의 기록
—정재학에게

무기력하다 했던가
마지막 술잔을 남겨놓고
우리가 귀가하는 순간
하늘 아래 어디쯤에선 꽃이 피었을 거다
꽃을 보고도 그걸 표현할 방법을 몰라
그렇게 헤매었던가 우린 한낱
일렉 기타의 음률과 철 지난 유행가에
더 감상적이었잖은가
네게도 말했지만
나는 백년의 무명을 견딜 것이다
그렇게 철없이 살리라

더이상 만질 것도, 들을 것도, 말할 것도 없는 어둠
소주 몇 병 먹고 어둠과 말할 수도 있지만
그만한 자족으로 그 어둠 속
텅 빈 공명을 감당할 수 있을까
옥상 위에 올라가 날아보자
네 몸이 땅에 떨어져 옆구리가 찢어지고
사람들의 입가에 오르내린다 해도
내가 믿는 예수처럼
그 옆구리를 기억할 수 있을까
어느 요절한 시인처럼
흉흉한 소문 속에 네 아픔이 기억될 수 있을까
다들 믿지 못하겠지만

나는 서정시인이 되고 싶다
하지만 내가 할 수 있는 건
실패한 서정시인
서럽고 아름다운 자연은 이미 다 해먹고
남은 상상으로 목울대를 울리는,
이제 우리의 가난도 팔지 못하는,

거울 속에서 내 눈을 보았다
무얼 견디는지도 모르는
몽롱한 얼굴이 날 바라보고 있다

수레바퀴 지나간 길

귓속에서 말이 끄는 수레 소리가 들리기 시작한다. 모두들 잠을 자고 있을 때, 한 아기가 태어난다. 위대하여라. 대장간에서 들려오는 풀무질 소리.

나는 주일날 하루종일 TV를 보다가 뻣뻣해진 머리 위로 내리꽂히는 쇠망치 소리를 듣는다. 대장장이가 아이에게 반지를 만들어준다. 아이는 반지를 끼고 축제에 간다. 바람이 북쪽으로 불고 검은 구름이 몰려온다.

나는 사랑하는 일이 계명을 어기는 일이라는 걸, 지금에야 알았다. 아이는 축제에서 뜨거운 입술을 가진 사람을 만나 춤을 추다가 반지를 잃어버렸다. 그러곤 장님이 되었다.

텅텅 대장간에서 쇠망치 소리가 들려온다. 나는 시장어귀 할매집에서 저녁으로 순댓국을 먹고 방에 들어와 명화 극장을 본다. 뻣뻣해진 머리 위로 내리꽂히는 말발굽 소리. 방바닥에 길게 엎드린다. 아이가 말이 끄는 수레에 담겨 있다. 가슴에 수레바퀴 자국이 깊게 파인다.

결별의 노래
—성배(聖杯)를 찾아서

흰 눈을 만나기 위해
폭염을 견뎠는지 모른다
먼 기억으로 터져나오는 울음소리,
도시의 거리와 거리, 사람과 사람이
서로 엉켜 태연히 입맞추는 소리,
이 땅은 풀벌레 소리도 서러움이다
마음이 없는 몸을 질질 끌고
미술관으로 가서 꽃 가득한 정물화를 본다
지지 않는 꽃, 수없이 그리워하고 약속했던 꽃
나는 그림 속의 화려한 상징에만 골몰했다
마음이 없는 몸을 질질 끌고
시위대를 지나고 학교를 지나고
걸음을 멈추게 했던 대형 전광판을 지난다
역사도 없고 분노도 없는 권태로운 시간을
홑날로 벼리는 젊은 어깨의 그림자
그림자들이 서로 만나 어둠을 만들고
어둠을 지키기 위해 네온사인이 하나둘 켜진다

어제의 일이 까마득하다
하룻밤 새
이마 위에 주름이 깊어 눈이 감기고

매서운 눈보라가 휘몰아친다
차가운 결정(結晶),

그 위에 금빛 새가 발자국을 찍고
푸드득 날아오른다

문학동네포에지 048

내 최초의 말이 사는 부족에 관한 보고서

1판 1쇄 발행 2005년 9월 28일
2판 1쇄 발행 2022년 5월 26일

지은이—이재훈
책임편집—김동휘
편집—김민정 유성원 송원경 김필균
표지 디자인—이기준 이현정
본문 디자인—이주영
마케팅—정민호 이숙재 김도윤 한민아 정진아 이가을 우상욱 정유선
브랜딩—함유지 함근아 김희숙 정승민
제작—강신은 김동욱 임현식
제작처—영신사

펴낸곳—(주)문학동네
펴낸이—김소영
출판등록—1993년 10월 22일 제2003-000045호
주소—10881 경기도 파주시 회동길 210
전자우편—editor@munhak.com
대표전화—031-955-8888 / 팩스—031-955-8855
문의전화—031-955-2696(마케팅), 031-955-8875(편집)
문학동네카페—cafe.naver.com/mhdn
트위터—@munhakdongne
북클럽문학동네—bookclubmunhak.com

ISBN 978-89-546-8697-6 03810

www.munhak.com

문학동네